BUENAS MANERAS

201 NORMAS DE URBANIDAD

Textos: ANA SERNA VARA
Ilustraciones: MARGARITA MENÉNDEZ

Editado e impreso por Susaeta Ediciones, S.A.
C/ Campezo, s/n - 28022 Madrid (España)
Telf. 747 21 11 - Télex 22148 SSTA - Fax 747 92 95
I.S.B.N. 84-305-7200-7
Printed in Spain

BUENAS MANERAS

201 NORMAS DE URBANIDAD

Ana Serna Vara
Margarita Menéndez

susaeta

Con este libro pretendemos QUE SE PARE EL MUNDO.

Sí, han leído bien.

Que se pare el mundo, pero no para bajarse de él sino para darle otro ritmo.

Queremos devolverle respeto, comprensión, saber estar... en definitiva: URBANIDAD.

URBANIDAD, palabra, unas veces olvidada y otras añorada por alguno de nosotros y desconocida para la mayoría de nuestros "queridos bajitos", los niños.

Hay que desempolvarla porque es el "ingrediente mágico" que necesitamos para vivir en paz y armonía, saboreando las ventajas que esta fabulosa época nos trae.

Este es nuestro granito de arena y os animamos a vosotros padres, educadores... adultos, a contribuir con el vuestro, para legarles un mundo más humano y feliz.

¡Ánimo! ¡Es tarea de todos!.

TU PERSONA

TU PERSONA

Si no quieres enfermar
tu cuerpo debes cuidar.

El baño diario
es siempre necesario.

No seas perezoso y levanta,
que a mamá ya le duele la garganta.

Nada más despertar,
cara y manos te debes lavar.

Ahora les toca a los dientes:
cepíllalos sin parar,
para que muy sonriente
los puedas siempre mostrar.

No les pongas tanta pasta,
que los puedes empachar;
con un poco es suficiente
y quedan fenomenal.

Ahora hay que recoger.
¡No te hagas el golfillo!
Cierra bien el tubo
y aclara tu cepillo.

Si al dentista no quieres visitar,
tus dientes habrás de lavar
al levantarte, después de las comidas
y al acostarte, todos los días.

Si no quieres que *mofeta*
todos te puedan llamar,
cámbiate los calcetines
a diario, sin faltar.

Enséñame las uñas.
¡Qué funeral!
Cortas y limpias deben estar.

Usa las tijeras,
pero con cuidado;
no sea que un dedo
resulte cortado.

No las muerdas, ¡pobrecillas!
Si se pudieran quejar...

Mira qué zapatos,
¡qué penita dan!
Si les pasas un cepillo,
brillantes quedarán.

¡Vamos! ¡A vestirte!
Pero, no te pongas eso,
¡échalo a lavar!,
que tiene muchas manchas y huele fatal.

Aunque te encante este impermeable,
no te empeñes, por favor,
en ponértelo esta mañana,
que es verano y luce el sol.

La nariz siempre muy limpia,
en todo momento ha de estar.
Ten siempre a mano un pañuelo
para poderte sonar.

Pero si el pañuelo se te olvida,
pide uno, por favor,
y no te metas el dedo
que es muchísimo peor.

Si tienes que estornudar
porque estás acatarrado,
utiliza tu pañuelo
poniéndote siempre a un lado.

¡Oh, qué gran desilusión!
Creía que era el rey Baltasar.
¡Vamos, lávate las manos,
si no quieres enfermar!

El pelo debes llevar
siempre limpio y bien peinado.
Da igual que lo tengas rubio,
moreno, liso o rizado.

Si no quieres que «hombre orquesta»
te puedan todos llamar
en público nunca debe
ocurrírsete eructar.

Si, necesitas bostezar,
por lo menos no hagas ruido
disimula...
e intenta tu boca ocultar.

Siempre debes saludar
¡Buenos días! ¡buenas tardes!
¿Qué tal?

Para pedir, no olvides el «por favor»
para agradecer, las «gracias»
y si interrumpes, «perdón».

Para estar sano,
ser alegre y divertido,
tienes que acostarte pronto
y dormir largo y tendido.

¡Qué calor! ¡Estás sudando!
No te limpies con la mano.
Saca el pañuelo deprisa,
y que te vea tu hermano.

Es una costumbre fea
estarse siempre tocando,
nariz, oídos y dientes
si con alguien vas hablando.

Después de jugar con un animal,
por muy limpio que esté,
tus manos tendrás que lavar
y secar bien después.

EN CASA

EN CASA

La casa es de todos,
y tú debes cooperar
recogiendo bien tus cosas
y ayudando a tus papás.

Tu cuarto tiene que estar
muy limpio y bien ordenado,
así tendrás todo a mano
cuando necesites algo.

Cuando a un cuarto vayas a entrar
no olvides que hay que llamar.

Es domingo y te has despertado pronto.
puedes leer o jugar
mas procura no hacer ruido...
¡que descansen los demás!

No protestes y despídete
cuando te manden a la cama,
aunque te parezca un «rollo»,
es una costumbre sana.

Cuando uses el retrete
jamás debes olvidar
de la cadena tirar;
luego, tus manos lavar.

¿Qué es esto, un vertedero?
Pues no tires papeles al suelo.

Qué horrible es encontrar
en el suelo de tu cuarto
papeles de caramelos
cuando vayas a pasar.

Pero, ¿qué haces?
Pareces un escalador.
Para coger ese juego...
no pises el edredón.

Suena el teléfono,
tus papás en casa están.
Si ellos quieren que lo cojas,
ya te lo pedirán.

Si es para ti la llamada,
habla solamente un rato
y, aunque te llamen de lejos,
no grites a todo trapo.

¡Otra vez se han vuelto a equivocar!
No te enfades, y cuelga sin brusquedad.

Cuando cojas un recado,
debes siempre tomar nota
y dárselo a la persona
sin que cambie ni una jota.

Si tienes que telefonear
pide permiso a tus papás
y además fíjate bien
que no sea hora de comer,
dormir o cenar.

Cuando llames por teléfono saluda, di quién eres y pregunta por la persona con la quieres hablar. Si no está en casa, da las gracias y despídete antes de colgar.

Te has bañado. ¡Qué limpio estás!
¡Qué bien hueles!
Y el cuarto de baño, ¿qué tal?
Siempre lo debes dejar
como tú lo querrías encontrar.

En casa vivís muchos,
no dejes tus cosas aquí y allá
si todos hacen lo mismo
el rastro parecerá.

Si con los de fuera eres educado
en casa no debes olvidar
saludar cuando entres
y cuando te tengas que marchar.

¿Quién ha roto este jarrón?
«Yo no he sido».
¿Quién se comió el melón
sin habérmelo pedido?

Siempre has de decir la verdad;
es feísimo mentir:
al final se enterarán
y no se fiarán más de ti.

Qué feo que está
pelear entre hermanos.
Todo se puede arreglar
sin llegar a las manos.

Si mamá te pide un favor
no digas «ya voy» y luego no vayas
tampoco lo hagas a regañadientes
sin dejar de protestar continuamente.

Por la noche
siempre debes preparar
tu cartera, tus ropas
y los zapatos limpiar.

Es muy feo y aburrido
que te tengan que decir:
«haz los deberes, Pepito»
una, cien veces o mil.

Hay visita en casa,
no debes molestar;
saluda cuando llegues
y pórtate normal.

Si te han traído unos dulces,
da las gracias enseguida,
abre la caja deprisa
y ofrece aunque no te pidan.

Aunque la visita se alargue,
no interrumpas, por favor,
pidiendo la merienda
o comiéndote el jamón.

Procura al salir de casa
no hacerlo dando un portazo
saludar a tus vecinos
y cederles siempre el paso.

No bajes las escaleras
de dos en dos, ni de tres en tres,
ni te deslices por la barandilla
porque te puedes caer.

EN LA MESA

EN LA MESA

Y para comenzar,
el consejo de Confucio te cuento:
«en tu propia mesa
te has de comportar,
como si en la del mismo rey
te fueras a sentar».

Si te quieres a la mesa sentar
antes tus manos debes lavar.

Vamos, siéntate bien,
no tuerzas la espalda
si no quieres parecer
una serpiente doblada.

Acepta tu sitio sin rechistar;
está muy feo que digas:
«yo me siento aquí o allá».

Desdobla la servilleta
y ponla sobre tus rodillas.
¡No te muevas tanto,
que pareces una ardilla!

La servilleta sirve de ordinario
para limpiarse la boca al comer
y secarse cuando sea necesario.

¡Cuántos cubiertos!
¡Qué lío!
¿Por cuál debo empezar?
¡Ya sé!
Miraré a los demás.

Para que esto no te vuelva a pasar
un truco no debes olvidar:
los más cercanos a tus manos
son los primeros que has de utilizar.

Pasa el pan a tu hermano.
Con la panera sí,
no con la mano.

Es mejor repetir
que llegar a explotar,
por no pensar al servir
lo que eres capaz de «zampar».

Cuando la sopa queme
y la tengas que tomar,
comienza por los bordes
si no te quieres quemar.

¿Qué es esto?
¿Un huracán?
Deja de soplar,
que me vas a duchar.

«¡Esto no me gusta!»
«¡No quiero más!».
Si quieres crecer
recuerda que de todo has de comer.

Las manos sobre la mesa
y los codos sin molestar,
piensa que en la mesa comen
otros contigo, ¿verdad?.

«Como a mí me encanta el jamón...
me lo como todo yo».
(¡Qué egoísta!)

¡Pobre cuchara!
¡Está casi asfixiada!
No la cojas por el cuello
que ya está toda morada.

Te has confundido de sitio;
esto no es un maratón.
No comas con tanta prisa,
que tendrás indigestión.

Tampoco debes comer
tan lento y tan despacito,
todos se pondrán nerviosos
te llamarán «tortuguito».

Si quieres decirme algo
espérate por favor
a tragarte bien la comida.
¡Qué espectáculo! ¡Qué horror!

Es muy feo masticar
enseñando el paladar.

A mí me gustan los conciertos
de ópera y de rock,
pero no en la mesa, guapito.
¡Menos ruido, por favor!

Los cubiertos te sirven a ti,
y no tú a ellos.
¡Qué se acerque la cuchara,
y no tu cuello!

Si te apetece beber,
la boca limpia y vacía debes tener.

¿Qué has hecho con el pan?
¡Esto parece un gallinero!
¡Hay migas en la mesa,
en tu ropa y en el suelo!

¡No seas marrano!
¡No cojas la comida con la mano!

Pero, ¿qué es esto?
¿Un torpedero?
No tires los huesos, niño,
que me das en el sombrero.

Todo el mundo sabe
que has comido spaghettis con huevo
no busques en casa espías
tu cara es el pregonero.

De la mesa no debes levantarte
hasta que todos hayan terminado
o te den permiso los demás
¿te das por enterado?

Después de cada plato terminar
los cubiertos encima debes dejar.

¡Oh, qué susto!
Creí que la casa se iba a caer.
Es el ruido de tu silla
al levantarse otra vez.

Si no sabes cómo actuar,
en los demás te debes fijar.

Con cuchillo y tenedor
la fruta debes tomar.
Aunque te fastidie un montón,
no la puedes mordisquear.

No cojas así el pollo,
que no eres un vikingo;
ni los lunes, ni los martes,
ni el domingo.

Después de comer
debes lavarte la cara y las manos,
y cepillarte los dientes
para que estén siempre sanos.

Aunque sólo sea por oír el halago,
¡sirve el agua!
¡No seas vago!

El tenedor se coge
por el centro del mango.
Sirve para partir
alimentos blandos.

El cuchillo a la derecha,
a la izquierda el tenedor.
Sujetando la comida
se corta mucho mejor.

Algunos alimentos se cogen con las manos:
espárragos, mandarinas o bananos...

EN EL COLEGIO

EN EL COLEGIO

«Si quieres con buen pie empezar...
tienes que ser puntual».

Es una falta de respeto
a ti mismo y los demás,
llegar a la clase tarde,
mal vestido y sin peinar.

Desde que entras en el colegio
debes ir saludando
a compañeros, profesores
y a quien vayas encontrando.

Tu pupitre ha de estar siempre
muy limpio y bien ordenado.
Pon cada cosa en su sitio.
y no seas descuidado.

Debes estar muy atento
a lo que diga el profesor.
Y, si no lo entiendes, pide
que te lo explique mejor.

Para colgar bien tu abrigo
no tires los demás al suelo
porque los pueden pisar
y parecerán buñuelos.

Hoy es mi cumpleaños
y traigo caramelos
a todos mis amigos
y al «profe», desde luego.

¡Qué susto me has dado!
Te va a doler la garganta.
Por favor, no grites más
que hasta a un fantasma asustarás.

Si quieres saber dialogar
tu turno debes guardar,
a los demás escuchar
y no interrumpir jamás.

¡Oh, un compañero nuevo!
¡Qué serio está!
Me pondré a su lado
le quiero acompañar.

Si quieres que tu trabajo
esté bien limpio y pensado
¡para ya de tanto hablar,
que eres un loro encarnado!

Es de mala educación
y de un efecto horroroso
decir secretitos al oído
¡eso es de niños chismosos!

Cuando no sepas cómo hacer algo,
pregúntale al profesor,
pero no mires al compañero.
¡Que no te llamen «copión»!

Si quieres que te respeten
no hagas muchas payasadas
que no estamos en un circo
y no hemos pagado entrada.

Presta tus cosas, hombre.
No seas egoístón.
Que no se gastará tu goma
por dejársela a Miguelón.

Es la hora del recreo.
¡Qué alegría y qué ilusión!
Jugaremos un partido.
Compartiré mi balón.

¡Qué hambre tengo!
¡No he traído bocadillo!
Recuérdaselo a mamá,
y no cojas ese, ¡pillo!

No debes molestarte
porque tu profe te haya regañado
lo hace para que aprendas
y seas un niño educado.

Está muy feo colarse.
Para ser el primero en la fila,
recoge en seguida tus cosas,
date prisa y espabila.

Si no quieres que chivato te puedan llamar
deja a todo el mundo de acusar.

En la clase no se debe
jugar con el balón,
pues, si rompes un cristal,
ganarás un coscorrón.

En todos los colegios
existen papeleras
procura utilizarlas
es fácil la manera.

Es de malos sentimientos
reírse de los demás.
Todos tenemos defectos
que intentamos ocultar.

Me parece fatal
que tu chicle hayas pegado
en la silla del vecino
al ver al profe a tu lado.

Deja el chicle ya
parece que estás rumiando
sin dejar de masticar
de nada te estás enterando.

Cuando vayas al cuarto de baño
hazlo por necesidad
no malgastes el papel
ni te pongas a jugar.

¡Qué susto se ha llevado!
¡Pobre profesor!
¿Por qué le has metido
una lagartija en el cajón?

«Mi compañero ha faltado...
sus lápices voy a usar».
Si quieres que te respeten,
respeta tú a los demás.

Si se le cae algo al profe
o a algún compañero,
intenta recogerlo tú primero.

Si ves a tu «profe» muy cargado
ofrécele tu ayuda. ¡No te quedes pasmado!

Por llevar un cordón desatado
¡menudo golpe te has dado!

EN FIESTAS, JUEGOS Y DEPORTES

EN FIESTAS, JUEGOS Y DEPORTES

¡Oh, qué bien!
¡Una invitación!
¡Muchas gracias!
¡Te quiero un montón!

Mamá, mira,
me han invitado.
¿Puedo ir?
Seré un niño educado.

¡Qué bien, lo he conseguido!
¡Se lo diré a mi amigo!

Los vas a deslumbrar.
¡Qué elegante y perfumado!
Boquiabiertos quedarán.

Llego puntual.
¡Buenas tardes!
¿Puedo pasar?

Por allí viene mi amigo
¡felicidades!, le digo
el regalo es para tí
te gustará, ¿a que sí?

Cuidado, troglodita,
no empieces a comer ya;
espera a que te llamen
a merendar.

No seas aburrido
y juega con tu amigo.

¡Oye, forastero!
¿A dónde vas?
Esta no es tu casa
y está feo fisgar.

¡Vamos, chicos, a merendar!
Despacio, no corras tanto,
que no se va a terminar.

¡Cumpleaños feliz!
¡Cumpleaños feliz!
No metas el dedito,
que te van a descubrir.

La fiesta ha terminado;
te vienen a recoger.
No seas caprichoso
y sal ya de una vez.

¡Muchas gracias por invitarme!
Lo he pasado fenomenal.
Adiós a todos los niños,
ya me tengo que marchar.

24 Junio

Cuando sea tu cumple,
no lo debes ni dudar:
a todos tus amigos
tienes que invitar.

Trata con respeto y cariño
a tus profesores y compañeros.
No les llames por «apodos»,
mas con nombres verdaderos.

Es mi cumpleaños.
El gran día ha llegado.
Tocan el timbre.
¡Estoy emocionado!

¡Cuántos regalos!
¿Son todos para mí?
«Ya lo tengo, no me gusta»
nunca lo debes decir.

Y... mucho menos preguntar
dónde lo ha comprado
cuánto le ha costado.
¡Qué barbaridad!

Después de merendar
nos vamos a jugar.
Les dejo mis juguetes
a todos por igual.

Ya los vienen a buscar;
los acompaño a la puerta.
¡Gracias por venir!
¡Qué bonita fiesta!

Ya se han ido mis amigos
y ayudo a recoger.
Doy un beso a mis padres:
¡lo he pasado bien!

En el juego y en el deporte
esta regla no debes olvidar:
«lo importante no es ganar
sino jugar con deportividad».

No seas egoísta y caprichoso
imponiendo a todos tu voluntad.
Si aprendes a ceder
muchos amigos conseguirás.

Porque tú hayas perdido
no es correcto refunfuñar
ni coger una rabieta
¡debe el juego continuar!

Esta vez has tenido suerte.
¡Has ganado!
Pero no presumas tanto...
Resultas bastante pesado.

Juega por diversión
y nunca por interés.
Pasarás contento la tarde
¡qué más da ganar o perder!

Cuando en equipo tengas que jugar
si pierdes, no eches la culpa a los demás.

No debes ser tramposo
y las reglas respetar
si quieres tener amigos
sé honrado y di la verdad.

El hacer deporte es
una costumbre muy sana
te ayuda a ser fuerte y crecer
¡practica cada mañana!

Hay que tener deportividad
y respetar las reglas del juego,
marcharse cuando lo diga el árbitro
y no ser palabrotero.

EN LUGARES PÚBLICOS

EN LOS LUGARES PÚBLICOS

En la calle no debes
reírte a carcajadas, correr, ni gritar.
Tampoco pararte en medio
si no quieres molestar.

En las aceras y en las calles,
por la derecha debes circular.
Mira siempre al frente
para no tropezar.

Y si tienes que cruzar
espera a que el semáforo esté verde,
hazlo por el paso de cebra
¡ay! la impaciencia te pierde.

No tires papeles, desperdicios,
ni cáscaras de frutas al suelo
pueden pisarlas y caerse.
¡Qué dolor! ¡Pobre abuelo!

Nunca te rías de nadie,
ni señales con el dedo.
«Mira que señora tan gorda».
¡Oh! eso está muy feo.

¡Qué tren tan maravilloso!
¡Esta muñeca es ideal!
No pegues la nariz al escaparate
que te pueden regañar.

Tienes vocación de artista
no lo puedes disimular
pero silba y canta en casa
¡no des aquí un recital!

Cuando llueva, por favor
no saltes en los charcos
pues no estamos en la playa
y te pondrás hecho un asco.

Cuidado con el paraguas.
¡Niño, que me vas a dar!
Y este lindo sombrerito
al suelo me puedes tirar.

Cuando saques de paseo al perro
procura sujetarle bien
para que no asuste a nadie
ni le haga pis en el pie.

Por allí va mi amigo
en la otra acera está,
¡Felipeeeeeeeee...!
¿por qué me mirarán?

He quedado a las cinco
y mi reloj he olvidado.
¿Me puede decir la hora? ¡Gracias!
(Te ha salido «bordado»)

No te pongas a jugar
ni a correr en las aceras.
Cede el paso a los mayores
y ayúdales cuando quieran.

Debes ser amable con todos,
pero con desconocidos no debes intimar.
Haz caso a las recomendaciones
que te hacen papá y mamá.

Si vas a viajar en autobús
mientras esperas en la parada,
prepara en dinero o el bono
para evitar malas caras.

Guarda el billete contigo.
No lo vayas a tirar.
Quizás venga el revisor
y te tendrá que multar.

Cuando estés en una fila
no comiences a empujar.
Así no vas a entrar antes
y un coscorrón te puedes ganar.

Has de ofrecer con agrado
tu asiento enseguida
cuando veas un anciano
o una persona impedida.

También lo debes ceder
no te hagas el despitado,
a esa señora que espera un bebé
si quieres ser educado.

Al viajar en autobús
aunque estés muy aburrido
deja a los demás en paz
¡no seas entrometido!

Cuando hables en el tren
hazlo siempre en voz baja
pues contigo y con Fernando
hay muchos que también viajan.

Estate atento
y vete preparando
que a tu estación
estamos llegando.

Si en el metro vas
nunca debes olvidar:
«dejen salir...
antes de entrar».

Si tu vas a un restaurant
para comer o cenar
no rías a carcajadas,
¡molestas a los demás!

Aunque otros niños lo hagan
no los vayas a imitar.
No lances las patatas por los aires.
¡No es una batalla campal!

Procura que tus competiciones sean
de correr, saltar, o nadar,
pero no de comer hamburguesas
¡Puede sentarte fatal!

Es la boda de tu tío
ya suena la marcha nupcial.
No te subas al altar
ni vayas de acá para allá.

¡Qué emocionado estoy!
A mi hermano le están bautizando
¿estará fría el agua?
Voy a comprobarlo.

Es de niños descuidados
y ademas poco elegante
mascar chicle y hacer globos
en los actos importantes.

Cuando hagas un viaje,
si tu compañero
no quiere charlar
¡aprende a callar!

Siempre debes dejar pasar
a las personas de más edad.

Cuando vayas de excursión
no abras la ventanilla,
ni te levantes del asiento,
¡no toques las colillas!

Cuando vayas en grupo
no te quedes nunca atrás,
porque te puedes perder
y poco te enterarás.

¡Hay caravana! ¡qué horror!
No molestes al conductor.
No te pelees, ni te levantes.
Juega a veo veo o canta una canción.

Hemos llegado al Zoo.
¡Oh, cuántos animales!
No los maltrates ni incordies.
Léete bien los carteles.

Aunque «Las Meninas» te encanten
procura no señalar
ni decir que te gustan a gritos
y mucho menos con tu dedo tocar.

Hoy voy de compras con mamá.
Podré ver muchos juguetes,
la ayudaré con las bolsas.
¡Lo pasaré de rechupete!

¡Anda, me he perdido!
¿dónde está mi mamá?
Díselo a una dependienta
¡no te pongas a llorar!

Cuando vayas a una Biblioteca
muy bajito debes hablar,
devuelve puntualmente los libros
y procura no molestar.

Pone: «Prohibido el paso».
Muy bien por no entrar.
Pero tampoco debes...
¡por la cerradura mirar!.

Antes de entrar en la piscina,
aunque te siente fatal,
debes pasar por las duchas.
Perfecto, ¡ya puedes nadar!

Me encanta que en la playa
lo pases ideal,
pero no vayas corriendo,
que puedes molestar.

A mi amigo Manolo
le acaban de operar
le llevaré un libro
cuando vaya al hospital.

Estas flores son maravillosas.
No las vayas a cortar,
tampoco pises las plantas
la naturaleza debes cuidar.

Cuando vayas al cine
procura no molestar.
Si hablas y te levantas
todos se enfadarán.

BUENAS MANERAS

201 NORMAS DE URBANIDAD